I0550712

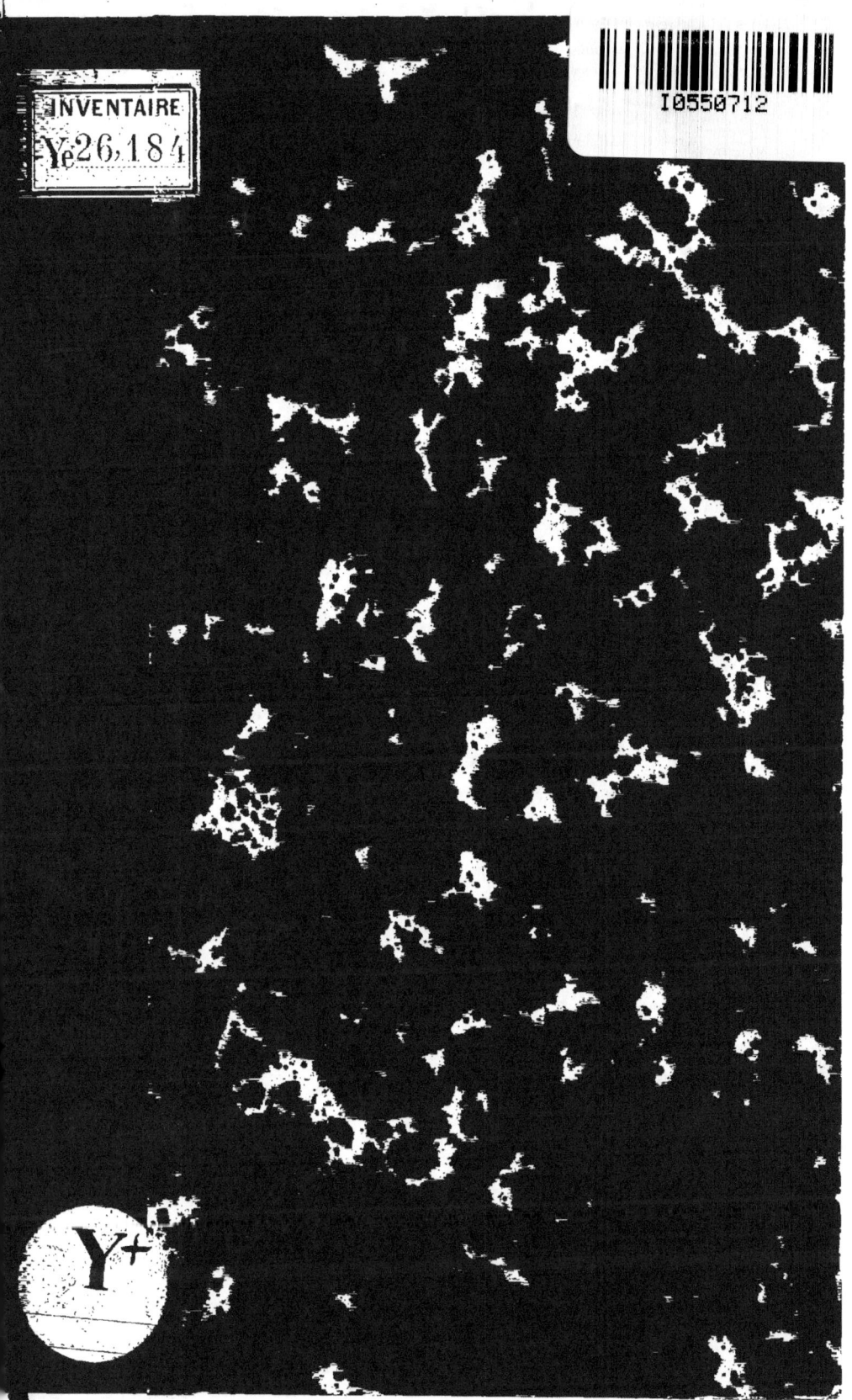

Y

Ye

26184

ODE

SUR LE DOUTE

DES

VRAIS PHILOSOPHES,

A QUI LES FAUX ZÉLÉS IMPUTENT L'ATHÉISME;

PAR

NÉPOMUCÈNE-LOUIS LEMERCIER.

Ubi eras quandò ponebam fundamenta terræ?
JOB.

A PARIS,
DE L'IMPRIMERIE DE DIDOT JEUNE,

M DCCC XII.

ODE

SUR LE DOUTE.

Plus formidable que Python,
Voici l'hydre de l'imposture !
Contre elle, flèches d'Apollon ,
Lancez l'atteinte la plus sûre.
Levant ses innombrables fronts,
Elle vomit la calomnie :
Abattez sa rage impunie,
Déjà fière de nos affronts.

Je doute, nous dit la Science ;
Le Fanatisme dit, je crois :
Homme, où fixer ta confiance
Incertaine entre ces deux voix ?
D'un débat que tout fait renaître
La raison peut-elle sortir ?
Faut-il s'aveugler, ou mentir ?
De sa foi le cœur est-il maître ?

Un Dieu que l'esprit ne peut voir,
Un Dieu caché dans la nature,
De n'avoir pu le concevoir,
Punira-t-il sa créature?
L'homme, effet d'un pouvoir moteur,
Connaît-il sa cause suprême?
L'ame, qui s'ignore elle-même,
Sait-elle rien de son auteur?

Que l'athée ose en téméraire
Nier un Dieu partout voilé:
Que l'hiérophante au vulgaire
Atteste son Dieu révélé:
Loin de nous l'égale imprudence
Qui suit leur système divers!
Le savant, qu'instruit l'univers,
Ne jure que par l'évidence.

Son esprit qui cherche les dieux
N'aperçoit que leur grand ouvrage;
Et du père immortel des cieux
Pour lui nul mortel n'est l'image.
Jamais à la Divinité
Sa faiblesse ne se compare:
Sa raison jamais ne s'égare
Dans la profonde éternité.

Astres ! frappez sa docte vue ;
Votre feu lointain le conduit.
Frayez votre route imprévue,
Comètes, son œil vous poursuit.
Mondes, que vos zones brillantes
Du soleil suivent les regards :
Du ciel autres soleils épars,
Marchez, étoiles scintillantes.

Si dans l'univers sans confin
Votre éclat guide sa doctrine,
Des effets connaît-il la fin ?
Des causes sait-il l'origine ?
Que dira son étonnement
De ce Dieu qui, tout ineffable,
Fonda le grand ordre immuable
Sur un éternel mouvement ? [1]

La lumière parcourt sans cesse
Deux infinis, abîme égal, [2]
Où la grandeur, la petitesse,
Frappent l'œil armé d'un cristal.
Là, môles dont le cœur palpite,
Sont les monstres démesurés ; [3]
Là, des vermisseaux ignorés
L'instinct éphémère s'agite. [4]

Vous l'étonnez, plantes et fleurs,
Croissant par la séve animées;
L'hymen aux plaisirs, aux douleurs,
Soumet vos tiges parfumées:
Il admire, et ne peut savoir
Quelle volonté primitive
A dit : «Que la matière vive : »
Puissance qui fit tout mouvoir.

O temps, que mesura l'espace
Mesuré dans l'immensité!
Et toi, matière, dont la masse
Obéit à la gravité!
Vos rapports nombreux et sublimes
Sont révélés à son compas : [5]
Phœbé l'avertit, quand ses pas
Des mers soulèvent les abîmes. [6]

Dévoilant même en ses accords
Chaque union mystérieuse, [7]
Il porte aux élémens des corps
Sa recherche laborieuse.
De Vulcain nuls fourneaux secrets
Ne lui sont nouveaux sous la terre :
L'olympe n'a plus de tonnerre
Dont il n'ait manié les traits. [8]

Aux urnes des naïades vives,
Au lit de Neptune écumant,
En vapeurs, en flammes furtives,
Il sépare leur élément. [9]
L'air pur, que de l'air il retire,
Brûle d'inflammables métaux :
L'autre air, mortel aux animaux,
Est sans vie, et nuit à Zéphire. [10]

Le savant plonge un œil hardi
En nos dépouilles sépulcrales,
Sonde le cœur approfondi,
Du cerveau tente les dédales : [11]
Mais qu'il craigne un vautour rongeur,
S'il voulut, Prométhée impie,
Se saisir du feu de la vie !!...
Tant d'orgueil suscite un vengeur.

Non, déjà le sage Esculape
S'arrête.... un mystère profond
A son flambeau timide échappe
Dans une nuit qui le confond.
Peut-être à la flamme divine
La vie alluma son foyer....
D'un Dieu qu'il ne se peut nier
Il sent la présence et s'incline.

C'est peu que d'entendre et de voir;
Doué d'un sublime génie,
Il pense : une ame est le pouvoir
Qui du corps règle l'harmonie.
O raison ! tes discours pressans
Ne démontrent pas quelle essence
Rend notre haute intelligence
Libre ou sujette de nos sens.

Ainsi donc, en son humble route,
Philosophe, il marche au trépas,
Gardant un religieux doute,
Sans qu'un dogme égare ses pas.
Il répond en libre Socrate
Aux mensonges des Anitus;
Et se rit des dieux sans vertus
Que Julien réveille et flatte. 12

Le passé dit à l'avenir :
Sache douter, et laisse croire.
Le faux zèle, ardent à punir,
De meurtres a souillé l'histoire.
Pour plaire au même Être éternel,
Qu'à son gré, dans Memphis ou Rome,
La conscience de tout homme
Choisisse un culte solennel.

Préférons une mer paisible
Où nous nous sentons balancer
Au seul port où la foi terrible
D'un bras sanglant veut nous pousser.
La certitude imaginée
Arme un fanatisme ignorant :
Le zèle est calme et tolérant
Dans une ame indéterminée.

Qui des deux dois-je respecter,
De qui me tait ce qu'il ignore,
Ou de qui m'ose interpréter
Une loi que tout voile encore?
Organes superstitieux,
Mon juste doute vous défie
D'accuser ma philosophie
D'un athéisme audacieux !

Tous les pays et tous les âges
Ont eu des prêtres imposteurs :
Tous les siècles ont vu des sages
Railler leurs oracles menteurs.
Ainsi Thalès et Pythagore
Brillèrent d'un lustre fameux ;
Confucius, docte comme eux,
Éclaira les fils de l'Aurore.

Ces défenseurs des vérités
N'ensanglantaient pas leur sagesse ;
Sur d'obscures mysticités
Ils n'entassaient pas leur richesse :
Tels, prodiguant l'or des moissons,
Les astres fécondent la terre,
Sans qu'une dîme tributaire
Soit due à leurs puissans rayons.

S'il me faut une idolâtrie,
Vénus, j'adore ta splendeur,
Quand de ta jeunesse fleurie
L'éclat reluit par la candeur.
Pur symbole d'une belle ame,
Le visage de la beauté,
Miroir de la Divinité,
Attire mes vœux et ma flamme.

Laissons au préjugé fatal
Exalter dans les murs d'un temple
Ses idoles d'un froid métal,
Son Dieu figuré qu'il contemple.
Que sont-ils, ces anges du ciel ?
Où tendrait leur aile légère ?
Peut-elle franchir l'atmosphère,
Appui d'un vol matériel ?

L'enceinte divine est plus vaste,
Non resserrée en vos abris,
Ouverte à l'ame enthousiaste
Qui plane aux célestes lambris.
Par-delà l'ellipse profonde
Où saturne roule en son lieu,
Le seul temple digne de Dieu
Est l'édifice entier du monde.

Parvis, dômes, vous me cachez
Le spectacle de l'étendue
Où des dieux que l'ame a cherchés
La gloire semble répandue !
Du ciel contemplant les hauteurs,
Sais-je pour quels vœux légitimes
Vous immolez tant de victimes,
Barbares sacrificateurs ?

Quel charme a votre scène usée
Pour tant d'hommes nés si divers ?
Peu se flattent de l'Élysée ;
Tous s'épouvantent des enfers.
Vous vendez, sur l'autel avare,
Le pardon du crime aux tyrans :
Vous montrez d'avance aux mourans
La parque et le seuil du Tartare.

La nature, en nos premiers jours,
En vain cacha, mère attentive,
Le terme où de tous ses amours
S'arrache l'ame fugitive.
Sur le Styx, fleuve de douleurs,
Quelle femme vois-je embarquée?....
Qu'entends-je?.... la mort invoquée
Qu'un pontife annonce à ses pleurs.

O jeune Alceste ! tu tressailles,
Épouse, victime des dieux :
Ta famille est là.... tes entrailles
Se déchirent à ses adieux.
Sur ton front, Admète va lire
Le plus terrible des arrêts :
Et ton courage, en tes regrets,
L'afflige d'un dernier sourire.

« La mort n'est donc pas le repos !
« Dis-tu. Que deviendra mon ombre?
« Qui m'osa parler de Minos?
« Que son urne est horrible et sombre !
« Reine innocente, je frémis,
« Déjà morte en regardant l'heure
« Qui dans l'infernale demeure
« M'attend sans cour et sans amis.

« Non, de mes parures fatales,
« Vivante, on m'apprête le deuil....
« Quels dons font mes mains libérales?
« Je n'ai plus à moi qu'un cercueil.
« Que dis-je? la beauté d'Alceste
« Va bientôt en néant poudreux
« S'exhaler dans cet air affreux
« Que respire mon faible reste. »

Elle palpitait en tremblant,
Près des autels échevelée :
Telle on plaint sous le fer sanglant
Une brebis presque immolée.
Ah ! la Tauride sur son bord
N'a point d'oracles plus atroces
Que les compassions féroces
Des noirs précurseurs de la mort! 13

Que la science me délivre
Du joug effrayant des pervers,
Et m'ouvre l'admirable livre
De l'auteur du vaste univers !
Que je dise, entrant dans la tombe
Non moins innocent qu'au berceau :
Je n'y porte point le fardeau
Des terreurs où l'ame succombe !

Né pareil aux légers oiseaux,
Je dus à la riche nature
L'air, l'aspect des champs et des eaux,
L'abri, la sobre nourriture,
Mes rêves sous les frais berceaux,
Mon goût pour l'ombre et la verdure,
Et surtout ma liberté pure,
Qui des hommes fuit les réseaux.

Heureux si ma douce harmonie,
Comme leurs ramages touchans,
Aux échos des bois d'Aonie
Laisse un souvenir de mes chants !
Mon ame, emportant ce présage,
S'envolera loin des mortels,
Sans que les foudres des autels
La consternent dans son passage.

FIN.

NOTES.

[1] LE monde physique semble n'avoir d'autre appui que la combinaison des forces attractives et répulsives.

[2] L'infiniment grand et l'infiniment petit.

[3] Les éléphans et les grands cétacées.

[4] Les animaux microscopiques.

[5] Les calculs mathématiques.

[6] L'influence de la lune sur les marées.

[7] Les affinités chimiques, ou attractions à distances inappréciables.

[8] L'électricité.

[9] La décomposition de l'eau en oxigène et en hydrogène.

[10] La décomposition de l'air en oxigène et en azote.

[11] L'anatomie.

[12] On sait que Julien l'apostat ranima les vieilles superstitions du paganisme pour combattre la philosophie nouvelle des premiers apôtres. Les païens parlaient d'eux alors comme les chrétiens parlent aujourd'hui des sages.

[13] Les lyriques grecs introduisaient ces récits épisodiques dans leurs odes pour leur imprimer plus de mouvement, et y jeter un désordre d'où l'on ramène l'auditeur au sujet principal avec plus de surprise.

Pindare et Horace donnent plusieurs exemples de cet artifice poétique.

3

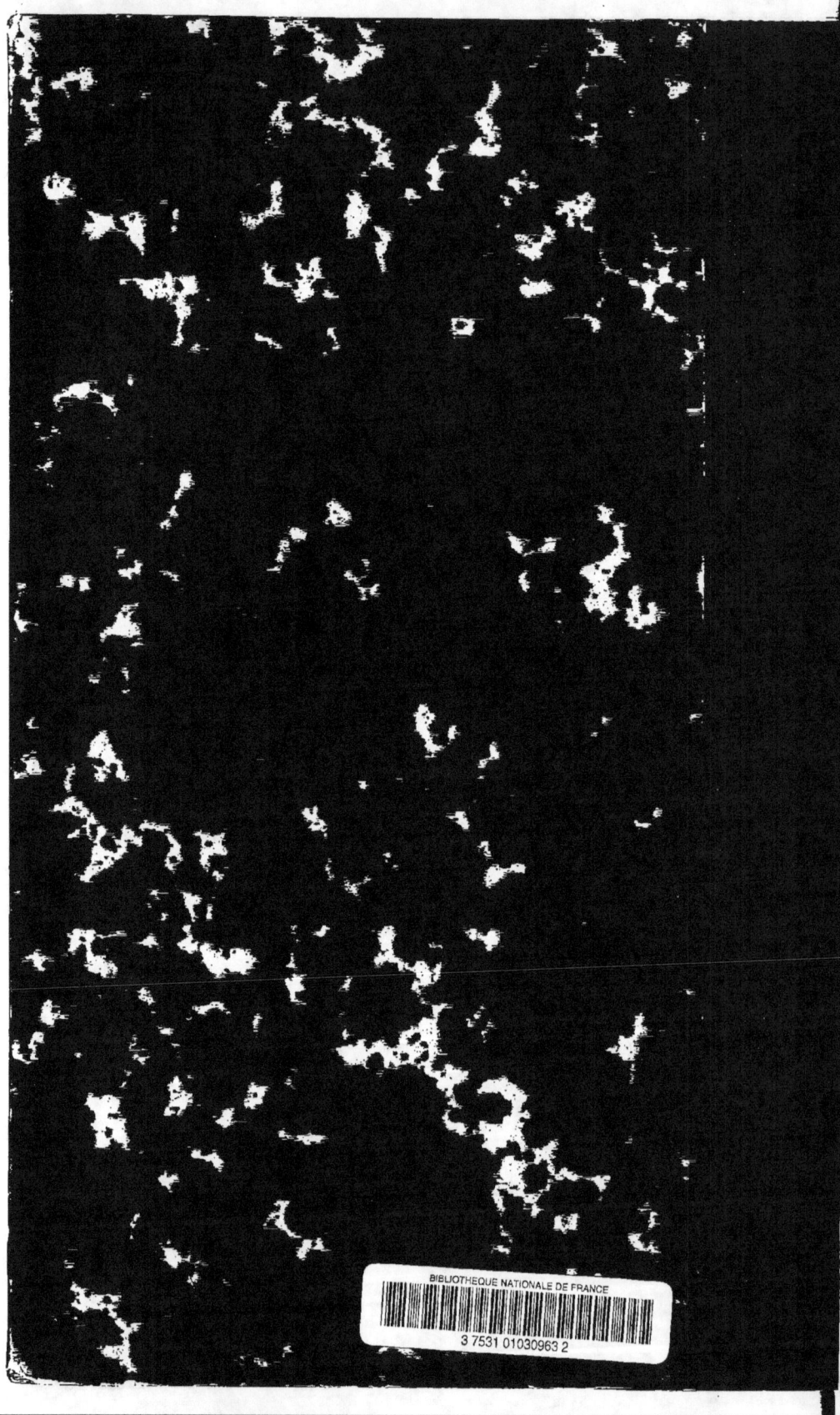